TEXTO MONIKA PAPESCU

Acorde o Sol, Don Aderbal!

ILUSTRAÇÕES JEAN-CLAUDE ALPHEN

2ª EDIÇÃO

Yellowfante

Copyright © 2010 Monika Papescu
Ilustrações © Jean-Claude Alphen

Copyright desta edição © 2019 Editora Yellowfante

Edição geral
Sonia Junqueira

Edição de arte e projeto gráfico
Diogo Droschi

Revisão
Ana Carolina Lins

Todos os direitos reservados pela Editora Yellowfante.
Nenhuma parte desta publicação poderá ser reproduzida,
seja por meios mecânicos, eletrônicos, seja via cópia
xerográfica, sem a autorização prévia da Editora.

Dados Internacionais de Catalogação na Publicação (CIP)
(Câmara Brasileira do Livro, SP, Brasil)

Papescu, Monika
  Acorde o sol, Don Aderbal! / texto Monika
Papescu ; ilustração Jean-Claude Alphen. -- 2. ed.
-- Belo Horizonte : Yellowfante, 2019.

  ISBN 978-85-513-0690-1

  1. Literatura infantojuvenil I. Alphen, Jean-Claude.
II. Título.

19-30244   CDD-028.5

Índices para catálogo sistemático:
1. Literatura infantil 028.5
2. Literatura infantojuvenil 028.5
Iolanda Rodrigues Biode - Bibliotecária - CRB-8/10014

A **YELLOWFANTE** É UMA EDITORA DO **GRUPO AUTÊNTICA** ©

Belo Horizonte
Rua Carlos Turner, 420
Silveira . 31140-520
Belo Horizonte . MG
Tel.: (55 31) 3465 4500

São Paulo
Av. Paulista, 2.073 . Conjunto Nacional
Horsa I . 23º andar . Conj. 2310 - 2312
Cerqueira César . 01311-940 . São Paulo . SP
Tel.: (55 11) 3034 4468

www.editorayellowfante.com.br

N. E.: "Roja" significa "vermelho", em espanhol;
pronuncia-se "Rorra".

Para Bebel, Rosa Maria, Gwendelain e Philipa, nossas galinhas, e para Don Aderbal de la Crista Roja, nosso galo garnizé, que canta tão pequenininho...

Agradeço à Letícia Schwartz pelo bate-bola.

– Cocoricóó!

– cantava Don Aderbal de la Crista Roja.

Mas ninguém ouvia.

— Cocoricó ó-ó-ó-ó O o!

— insistia ele todas as manhãs, e nem o Sol ouvia.

Era por isso que o dia não amanhecia.

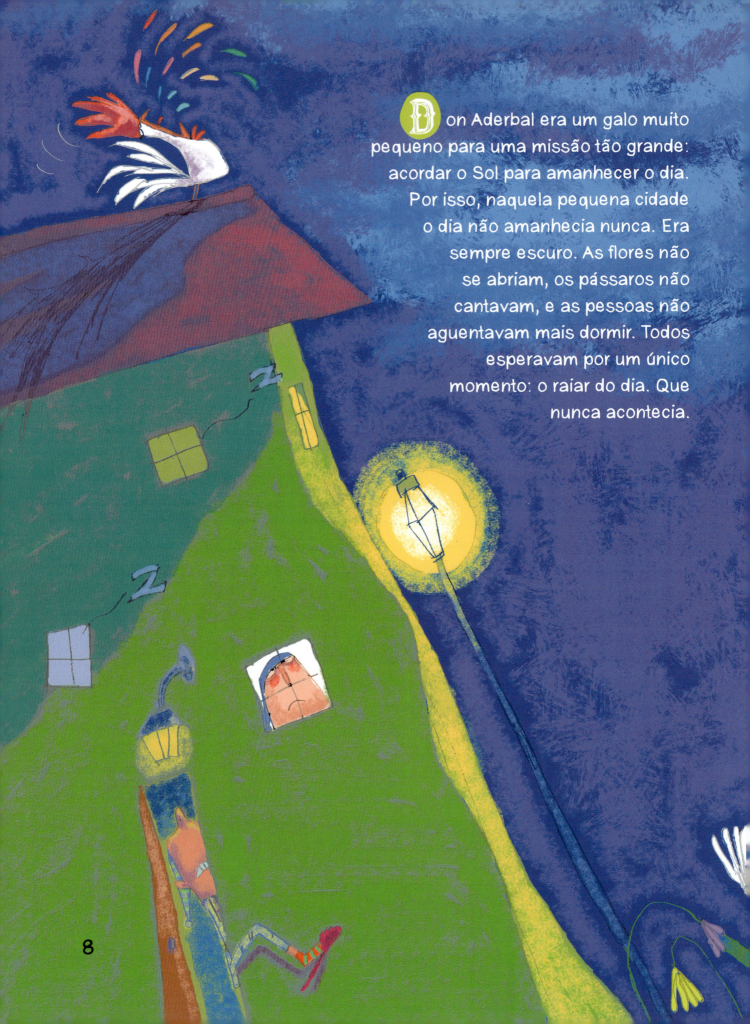

Don Aderbal era um galo muito pequeno para uma missão tão grande: acordar o Sol para amanhecer o dia. Por isso, naquela pequena cidade o dia não amanhecia nunca. Era sempre escuro. As flores não se abriam, os pássaros não cantavam, e as pessoas não aguentavam mais dormir. Todos esperavam por um único momento: o raiar do dia. Que nunca acontecia.

– É preciso tomar uma providência – diziam alguns.
– Don Aderbal não está à altura de sua missão – diziam outros.
– Ele canta baixinho demais! Só serve mesmo para canja, e nem dá para dois pratos – diziam muitos outros.

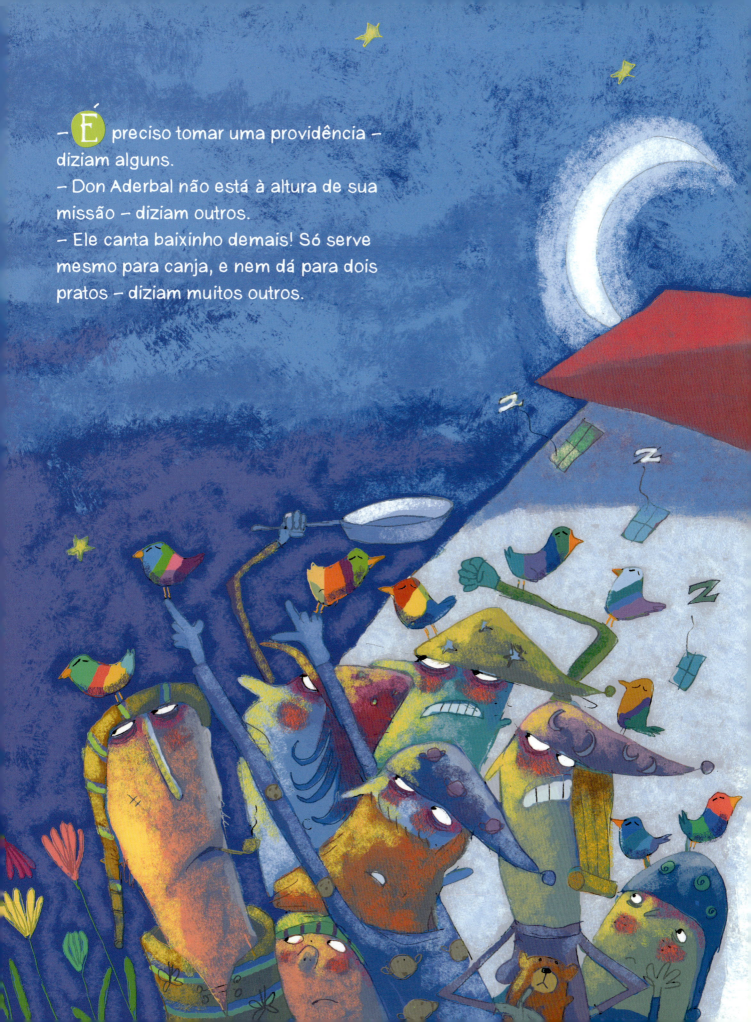

Duda, apenas Duda, defendia:
— Eu sei, eu sei, eu sei como fazer o Sol ouvir o canto de Don Aderbal de la Crista Roja.
— Quieto, menino! Isso não é assunto para criança!

Pois aí é que todos se enganavam. Era assunto para galo e para criança, sim, senhor! Quem, senão uma criança, poderia encontrar a melhor solução galinácea para o maior dos problemas da cidade? E quem, senão os adultos, para complicar o que poderia ser tão simples?

Foi organizada, então, uma reunião na única praça da cidade, iluminada por um único poste de luz. Todos os habitantes foram convocados para decidir o destino de Don Aderbal:

CANTOR? OU PANELA?

E teve início a solenidade.

— Atenção, meu povo! O excelentíssimo Senhor Prefeito vai falar! — proclamou o menestrel, que adorava falar em público e fazia as vezes de mestre de cerimônia.

— Don Aderbal de La Crista Roja está muito escondidinho naquele galinheiro — afirmou o prefeito, com empolgação. E continuou: — Vamos construir um palanque para ele cantar todas as manhãs. Assim, seu canto será ouvido em todos os cantos e alcançará os ouvidos do esplendoroso Sol!

Foi construído o palanque, bem no meio da praça. Don Aderbal cantou, gritou, se esgoelou... e nem assim o Sol raiou.

Revoltado, o povo todo gritava:

— CANJA DE DON ADERBAL! CANJA! PARA A PANELA!

— Pessoal! Eu sei como fazer o Sol ouvir o canto de Don Aderbal — falou Duda mais uma vez, mas nenhum adulto quis ouvir.

— Comportem-se todos! O sapientíssimo Doutor Médico vai falar! – gritou o menestrel.

— Don Aderbal de la Crista Roja está fraquinho. Precisa de vitaminas para cantar mais forte.

O galinho tomou várias vitaminas, todas especiais para galos. Mas tudo o que aconteceu foi que... sua crista cresceu. Mas o canto continuou fraquinho, fraquinho. Don Aderbal já sentia o calor da água borbulhando na panela de canja, ao som do povo, que gritava:

— CANJA DE DON ADERBAL! CANJA! PARA A PANELA!

– Deixa eu falar! Eu sei como fazer o Sol ouvir o canto de Don Aderbal! – implorou Duda, que, mais uma vez, foi ignorado.

– Acalmem-se! A dulcíssima Senhorita Doceira vai falar! – anunciou o menestrel.

– Um galo tão magrinho não pode mesmo cantar alto! Vamos dar a ele quitutes e gostosuras. Assim, Don Aderbal vai engordar e seu canto, encorpar.

Pobre Don Aderbal! Comeu tanto que ficou parecendo uma bola com penas, e mal podia se equilibrar sobre as perninhas rechonchudinhas. E... tudo o que saiu de sua garganta foram *burbs* e *glups*. Mas das gargantas do povo saía, em claro e bom som:

– CANJA DE DON ADERBAL!
CANJA! PARA A PANELA!

– Ei! Ei! Ei! Eu sei como fazer o Sol ouvir o canto de Don Aderbal! Me ouçam! – suplicava Duda. Mas suas súplicas continuaram em vão...

– Silêncio na praça! O afinadíssimo Senhor Maestro vai falar! – cantou o menestrel.

– O que falta para Don Aderbal é ritmo, melodia. Sob minha regência, Don Aderbal vai solar na orquestra da cidade! Seu canto vai ecoar e o Sol vai raiar, garanto!

Viola, violino, bumbo, trompete e flauta: foi o concerto mais lindo que já houve na cidade. Mas o canto de Don Aderbal ficou escondido no meio do musical. E assim que terminou o recital, recomeçou o coral:

– CANJA DE DON ADERBAL! CANJA! PARA A PANELA!

– Por favor, me ouçam! Por favor! Eu sei como fazer o Sol ouvir o canto de Don Aderbal! Me escutem! – gritou Duda no meio da multidão. De novo, ninguém deu ouvidos ao menino.

— **A**tenção! A letradíssima Professora vai falar! — bradou o menestrel.

— Talvez Don Aderbal esteja cantando a letra errada. Vou ensinar a ele o " Co – co – ri – có " correto.

Com lousa, giz e muita paciência, a professora ensinou Don Aderbal a recitar o " Cocoricó ". E nunca, naquela cidade, houve aluno mais dedicado. Mas de nada adiantou, pois o Sol não raiou – e Don Aderbal já se preparava para ser depenado ao som de:

— CAnja dE DON ADERBAL! CANJA DE DoN ADERBAaAaAL! CANJaaAa!

Os gritos se tornaram ensurdecedores. O que seria de Don Aderbal diante da fúria do povo?

Nesse momento, do meio da multidão, soou, como um trovão:

— CARAMBA! ME DEIXEM FALAR! EU SEI COMO FAZER O SOL OUVIR O CANTO DE DON ADERBAL, ESTOU DIZENDO!

A cidade, assustada, silenciou. E todos os olhos se viraram para Duda, que pôde, enfim, apresentar a solução:

– Este megafone.

– UM MEGAFONE?! – gritaram alguns. – Que coisa mais absurda!

– QUE IDEIA MAIS SEM POMPA! – proclamou o prefeito.

– QUE IDEIA DOENTE! – reclamou o doutor médico.

– QUE IDEIA SEM GOSTO! – comentou a doceira.

– QUE IDEIA DESAFINADA! – protestou o maestro.

– QUE IDEIA CRIATIVA! GENIAL! É ISSO MESMO! – aprovou a professora, que, além de paciente, era muito atenciosa com seus alunos e sempre procurava escutar o que diziam. E continuou:

– Fale, Duda, explique sua ideia.

E Duda explicou:
— A minha avó usa este megafone para falar com meu avô, que não escuta muito bem. Quem sabe o Sol é meio surdo também?
Simples assim.

Com a ajuda do tal megafone, Don Aderbal cantou, cantou e cantou, e seu canto soou como o canto de mil galos.

O Sol, que há tanto não aparecia, brilhou com toda a intensidade.

O destino de Don Aderbal de la Crista Roja foi decidido: o galinho seria, sim, o cantor das manhãs daquela pequena cidade cheia de grandes ideias.

E dali para a frente, todas as manhãs, o povo, feliz, aclamava:

— VIVA! VIVA DON ADERBAL DE LA CRISTA ROJA, QUE DESPERTA O SOL COM SEU "COCORICÓ" — O SOM MAIS LINDO DO MUNDO!

A AUTORA

Nasci em São Paulo, no meio da cidade: barulho, confusão. Me formei em Comunicação Visual e segui para Londres, onde estudei Design Gráfico, Multimídia e Ilustração: mais barulho, mais confusão e um monte de gente.

Voltei a São Paulo: poluição e – aaaaaaaaahhhhhhhhh! – muito barulho, e aquilo tudo de novo.

Descemos até o Sul, meu marido e eu, e nos escondemos em Santo Antônio da Patrulha, no Rio Grande do Sul. Está até no mapa...

No sítio, a família aumentou: a filha, Nina, a gata, as éguas, as ovelhas, os carneiros, as cabras, os lagartos, as tartarugas, as codornas, as galinhas e... Don Aderbal de la Crista Roja, nosso galo.

Um galo todo errado: canta às 4:30 da madrugada, bem alto, e depois às 10:30, bem baixinho. Todos os dias ele se perde no campo e fica correndo em círculos durante horas. É o galo mais biruta que já vi.

Claro que no meio dessa bagunça rural, encontro tempo para trabalhar, cuidar da Nina e preparar a chegada de mais uma filhota, a Rafaela.

Escrevi e ilustrei os livros *Peixinhos* (Formato), *A B C da Bicharada* e *1 2 3 da Bicharada* (Studio Nobel), *O rapto das flores cantantes* (Paulinas) e *À procura da máscara* (Loyola). Ilustrei os encartes do projeto *Audiolivros: a cultura da inclusão, Jogos de inventar, cantar e dançar* (Livreto) e *Outras fábulas, coleção do projeto Livro Livre*.

E tem mais ainda, no site www.monikapapescu.com

Acorde o Sol, Don Aderbal! é meu primeiro trabalho como autora apenas do texto – e isso é emocionante!

O ILUSTRADOR

Comecei como caricaturista do *Jornal da Tarde*, em São Paulo, quando ele ainda tinha um espaço generoso para desenhos. Emendei com livros didáticos, ilustrados durante o tempo em que precisei construir uma casa, plantar árvores e ter duas filhas.

Mas minha paixão era mesmo outra: transpor para o papel as palavras dos autores de literatura para crianças.

Hoje tenho mais de 40 livros ilustrados e também comecei a escrever minhas próprias histórias – e já são quatro os livros autorais. Ainda em 2010, publicarei um novo livro de minha autoria; nele, o texto já rivaliza com a ilustração, ou melhor, faz uma parceria equilibrada com ela. Aos poucos, vou me familiarizando com a ideia de também ser autor.

Nasci no Rio de Janeiro e costumo dizer que sou metade *croissant*, metade tapioca: meu pai é francês e minha mãe é das Alagoas. Uma mistura que me deu a oportunidade de viver meus 10 anos de criança numa terra às vezes muito gelada, mas que me deu muitas das referências que hoje em dia aparecem no meu trabalho.

Sem a leitura das aventuras de Astérix , Tintin e Gaston Lagaffe, acho que eu não teria tanta intimidade com o humor que me caracteriza hoje como ilustrador. Já o Brasil me deu o pigmento e a luminosidade das cores.

Me diverti muito ilustrando o pequeno garnizé Aderbal: primeiro, porque simpatizo muito com esse galinho, e depois porque o texto é muito bem-humorado.

Acho o humor fundamental. Uma pessoa séria o tempo todo é de uma chatice que ninguém merece!

Minha técnica para ilustrar é uma miscelânea: pastel e lápis de cor com interferência digital. Quem sabe, um dia, ainda terei a alegria de ver meus textos ilustrados por colegas?

Jean Claude

Esta obra foi composta com a tipografia
AnkeSans e impressa em papel Couché Fosco 150 g
na Formato Artes Gráficas.